一歩一歩

巣立ちへの日々

川島幸子

文芸社

目次

わが長崎

私の生まれた所は長崎県の爆心地の近くです。私は生後間もなく、岡山県の矢掛郡という田舎に、母と二歳年上の姉と疎開しました。その結果、被爆を免れることができ、死ぬことも免れました。

けれども長崎に残った父は被爆しました。当時、父は長崎医科大学（現・長崎大学医学部）の副手で、三菱造船所病院と兼務していましたが、当日はたまたま非番だったものの病院に出向いて入院患者の対応をしていたため直撃を免れ、運よく九死に一生を得ました。原爆投下の爆心地となった浦上天主堂間近にあった自宅周辺での救護活動にもあたりました。父は、被爆者援護法の対象とは認定されていません。

一度も住んだことはありませんが、生まれ故郷の長崎への思いは強く、四回長崎を旅したことがあります。坂の多い、異国情緒豊かな長崎は大好きな街の一つです。

長崎を死の灰にした原子爆弾も、水素爆弾も、私は憎んでいます。原子力発電も同じようにウランが利用されています。日本の多くの県の沿岸部に原子力発電所ができたというニュースが流れるたびに私は不安を覚えていました。

今までも私は核施設反対の署名をしたり、集めたり、新聞への投書などをしてきました。案の定、東日本大震災で福島は悲惨な状態になりました。地震と津波だけで原子力発電所がなかったなら、福島で牧場を営んでいた方が自殺するという悲劇は起こらなかったでしょう。


核施設は「トイレの無いマンション」にたとえられています。使用後の核廃棄物はどうするのでしょうか。地震の無い北欧で、やっと処分場が決まったというニュースを聞きました。

日本は地震大国ですから、どこにも核廃棄物を埋める所はありません。地元に核廃棄物を埋めるという話が起これば地域住民は反対するでしょう。たとえ、廃棄物を地中深くに埋めることができたとしても、その害が無くなるのには何万年以上もの年月が必要です。

八月は第二次世界大戦を記念する日の多い鎮魂の月です。代表的なのが、
六日の広島の原爆記念の日
九日の長崎の原爆記念の日
十五日の敗戦（終戦）記念の日です。
それぞれ式典が行われ、挨拶があります。

その中から印象の強かった二〇一五年の長崎市長の「長崎平和宣言」と、長崎の被爆者が自分の体験をもとに記した「平和への誓い」を紹介します。

二〇一五年（平成二十七年）

長崎平和宣言

昭和二十年八月九日午前十一時二分、一発の原子爆弾により、長崎の街は一瞬で廃墟と化しました。

大量の放射線が人々の体をつらぬき、想像を絶する熱線と爆風が街を襲いました。二十四万人の市民のうち、七万四千人が亡くなり、七万五千人が傷つきました。七十年は草木も生えない、といわれた廃墟の浦上の丘は今、こうして緑に囲まれています。しかし、放射線に体を蝕まれ、後障害に苦しみ続けている被爆者は、あの日のことを一日たりとも忘れることはできません。

原子爆弾は戦争の中で生まれました。そして、戦争の中で使われました。

原子爆弾の凄まじい破壊力を身をもって知った被爆者は、核兵器は存在してはならない、そして二度と戦争をしてはならないと深く、強く、心に刻みました。日本国憲法における平和の理念は、こうした辛く厳しい経験と戦争の反省の中から生まれ、戦後、我が国は平和国家としての道を歩んできました。長崎にとっても、日本にとっても、戦争をしないという平和の理念は永久に変えてはならない原点です。

今、戦後に生まれた世代が国民の多くを占めるようになり、戦争の記憶が私たちの社会から急速に失われつつあります。長崎や広島の被爆体験だけでなく、東京をはじめ多くの街を破壊した空襲、沖縄戦、そしてアジアの多くの人々を苦しめた悲惨な戦争の記憶を忘れてはなりません。

七十年を経た今、私たちに必要なことは、その記憶を語り継いでいくことです。

原爆や戦争を体験した日本、そして世界の皆さん、記憶を風化させないためにも、その経験を語ってください。

若い世代の皆さん、過去の話だと切り捨てずに、未来のあなたの身に起こるかもしれない話だからこそ伝えようとする、平和への思いをしっかりと受け止めてください。

「私だったらどうするだろう」と想像してみてください。そして、「平和のために、私にできることは何だろう」と考えてみてください。若い世代の皆さんは、国境を越えて新しい関係を築いていく力を持っています。

世界の皆さん、戦争と核兵器のない世界を実現するための最も大きな力は私たち一人ひとりの中にあります。戦争の話に耳を傾け、核兵器廃絶の署名に賛同し、原爆展に足を運ぶといった一人ひとりの活動も、集まれば大きな力になります。長崎では、被爆二世、三世をはじめ、次の世代が思いを受け継ぎ、動き始めています。

私たち一人ひとりの力こそが、戦争と核兵器のない世界を実現する最大の力です。市民社会の力は、政府を動かし、世界を動かす力なのです。

今年五月、核不拡散条約（ＮＰＴ）再検討会議は、最終文書を採択できないまま閉幕しました。しかし、最終文書案には、核兵器を禁止しようとする国々の努力により、核軍縮について一歩踏み込んだ内容も盛り込むことができました。

ＮＰＴ加盟国の首脳に訴えます。

今回の再検討会議を決して無駄にしないでください。国連総会などあらゆる機会に、核兵器禁止条約など法的枠組みを議論する努力を続けてください。

また、会議では被爆地訪問の重要性が、多くの国々に共有されました。

改めて、長崎から呼びかけます。

オバマ大統領、そして核保有国をはじめ各国首脳の皆さん、世界中の皆さん、七十年前、原子雲の下で何があったのか、長崎や広島を訪れて確かめてください。被爆者が、単なる被害者としてではなく、〝人類の一員〟として、今も懸命に伝えようとしていることを感じとってください。

日本政府に訴えます。

国の安全保障は、核抑止力に頼らない方法を検討してください。アメリカ、日本、韓国、中国など多くの国の研究者が提案しているように、北東アジア非核兵器地帯の設立によって、それは可能です。未来を見据え、〝核の傘〟から〝非核の傘〟への転換について、ぜひ検討してください。

この夏、長崎では世界の百二十二の国や地域の子どもたちが、平和について考え、話し合う、「世界こども平和会議」を開きました。

十一月には、長崎で初めての「パグウォッシュ会議世界大会」が開かれます。核兵器の恐ろしさを知ったアインシュタインの訴えから始まったこの会議には、世界の科学者が集まり、核兵器の問題を語り合い、平和のメッセージを長崎から世界に発信します。

「ピース・フロム・ナガサキ」。平和は長崎から。私たちはこの言葉を大切に守りながら、平和の種を蒔き続けます。

また、東日本大震災から四年が過ぎても、原発事故の影響で苦しんでいる福島の皆さんを、長崎はこれからも応援し続けます。

現在、国会では、国の安全保障のあり方を決める法案の審議が行われています。七十年前に心に刻んだ誓いが、日本国憲法の平和の理念が、今揺らいでいるのではないかという不安と懸念が広がっています。政府と国会には、この不安と懸念の声に耳を傾け、英知を結集し、慎重で真摯な審議を行うことを求めます。

被爆者の平均年齢は今年八十歳を超えました。日本政府には、国の責任において、被爆者の実態に即した援護の充実と被爆体験者が生きているうちの被爆地域拡大を強く要望します。

原子爆弾により亡くなられた方々に追悼の意を捧げ、私たち長崎市民は広島とともに、核兵器のない世界と平和の実現に向けて、全力を尽くし続けることを、ここに宣言します。

二〇一五年(平成二十七年)八月九日

長崎市長　田上　富久

なお、二〇一五年九月十二日、NHK放映のETV特集「原爆にさわる 被爆をつなぐ～長崎・被爆二世 戦後70年をこえて～」で、この宣言は二世代表やその他の人々も加わり修正、検討し練られた文章であることを知りました。

続いて長崎被爆者の体験談である「平和への誓い」を紹介します。

「平和への誓い」

　七十年前のこの日、この上空に投下されたアメリカの原爆によって、一瞬にして七万余りの人々が殺されました。真っ黒く焼け焦げた死体。倒壊した建物の下から助けを求める声。肉はちぎれ、ぶら下がり、腸が露出している人。カボチャのように膨れ上がった顔。目が飛び出している人。水を求め浦上川で命絶えた人々の群れ。この浦上の地は、一晩中、火の海でした。地獄でした。

　地獄はその後も続きました。やけどやけがもなかった人々が、肉親を捜して爆心地をさまよった人々が、救援・救護に駆け付けた人々が、突然、体中に紫斑が出、血を吐きながら、死んでいきました。

　七十年前のこの日、私は十六歳。郵便配達をしていました。爆心地から一・八キロの住吉町を自転車で走っていた時でした。突然、背後から虹のような光が目に映り、強烈な爆風で吹き飛ばされ道路にたたき付けられました。

　しばらくして起き上がってみると、私の左手は肩から手の先までボロ布を下げたように、皮膚が垂れ下がっていました。背中に手を当てると、着ていた物は何もなく、ヌルヌルと焼けただれた皮膚がべっとり付いてきました。不思議なことに、傷からは一滴の血も出ず、痛みも全く感じませんでした。

　それから二晩、山の中で過ごし、三日目の朝やっと救助されました。三年七カ月の病院生活、そのうちの一年九カ月は背中一面大やけどのため、うつぶせのままで死のふちをさまよいました。

　そのため、私の胸は床ずれで骨まで腐りました。今でも胸は深くえぐり取ったようになり、肋骨の間から心臓の動いているのが見えます。肺活量は人の半分近くだと言われています。

　かろうじて生き残った者も、暮らしと健康を破壊され、病気との闘い、国の援護のないまま、十二年間放置されました。アメリカのビキニ水爆実験の被害によって高まった原水爆禁止運動によって励まされた私たち被爆者は、一九五六年に被爆者の組織を立ち上げることができたのです。あの日、死体の山に入らなかった私は、被爆者の運動の中で生きてくることができました。

　戦後日本は再び戦争はしない、武器は持たないと、世界に公約した「憲法」が制定されました。しかし、今、集団的自衛権の行使容認を押しつけ、憲法改正を推し進め、戦時中の時代に逆戻りしようとしています。今、政府が進めようとしている戦争につながる安保法案は、被爆者をはじめ、平和を願う多くの人々が積み上げてきた核兵器廃絶の運動、思いを根底から覆そうとするもので、許すことはできません。

　核兵器は残虐で人道に反する兵器です。廃絶すべきだということが、世界の圧倒的な声になっています。

　私はこの七十年の間に倒れた多くの仲間の遺志を引き継ぎ、戦争のない、核兵器のない世界の実現のため、生きている限り、戦争と原爆被害の生き証人の一人として、その実相を世界中に語り続けることを、平和を願う全ての皆さんの前で心から誓います。

平成二十七年八月九日

被爆者代表　谷口（たにぐち）　稜曄（すみてる）

ＥＴＶ特集「原爆にさわる　被爆をつなぐ～長崎・被爆二世　戦後70年をこえて～」で谷口稜曄さんはＮＰＴ核拡散防止の会議に三十キロ台の体重でニューヨークまで出かけ、演説をした様子が報道されました。稜曄さんの背中は、何十回もの手術で汗線がなく、二日に一回は軟膏を塗らないとひび割れてしまいます。その背中に被爆二世たちが「さわる」ことで被爆の苦しみをつないでいくという番組です。私も、そのようにして被爆者の会の会長を務め活動された谷口さんの姿に感動しました。

つづいて広島で被爆した栗原貞子の詩を紹介します。

生ましめんかな

――原子爆弾秘話――

こわれたビルディングの地下室の夜だった。
原子爆弾の負傷者たちは
ローソク一本ない暗い地下室を
うずめて、いっぱいだった。
生ぐさい血の匂い、死臭。
汗くさい人いきれ、うめきごえ
その中から不思議な声がきこえて来た。

「赤ん坊が生まれる」と言うのだ。
この地獄の底のような地下室で
今、若い女が産気づいているのだ。
マッチ一本ないくらがりで
どうしたらいいのだろう
人々は自分の痛みを忘れて気づかった。
と、「私が産婆です、私が生ませましょう」
と言ったのは
さっきまでうめいていた重傷者だ。
かくてくらがりの地獄の底で
新しい生命は生まれた。

かくてあかつきを待たず産婆は
血まみれのまま死んだ。
生ましめんかな
生ましめんかな
己が命捨つとも

栗原貞子（一九一三〜二〇〇五）
詩人。広島に生まれる。
一九四五年（昭和二十年）八月六日（広島市への原子爆弾投下）
に、爆心地から約四キロ北の自宅で被爆。
戦後は夫の栗原唯一と共に執筆活動を行い、平和運動を推進し、
原子爆弾のもたらす悲惨さを、詩をもって訴え続けた。

茨木のり子と私

―うつの苦しみ、脱却そして悟り―

五十年くらい前に茨木のり子の「倚(よ)りかからず」という詩に出合い、共感しました。

茨木のり子は戦時中に青春期を過ごした詩人です。

倚(よ)りかからず

もはや
できあいの思想には倚りかかりたくない
もはや
できあいの宗教には倚りかかりたくない
もはや
できあいの学問には倚りかかりたくない

もはや
いかなる権威にも倚りかかりたくはない
ながく生きて
心底学んだのはそれぐらい
じぶんの耳目
じぶんの二本足のみで立っていて
なに不都合のことやある

倚りかかるとすれば
それは
椅子の背もたれだけ

この詩のように、人に頼らずに生きていきたいとずっと思っていました。

ところがうつになって自分一人のご飯も作れなくなり、買ってきてすませるようになりました。うつの初期症状となり、針灸マッサージ師の所へ一ヶ月～二ヶ月くらい通い、保険が効かないのでお金もかかりました。

しかし、改善はみられず、知人の紹介で近くの心療内科を受診しました。私がそのドクターに「薬は少なくして」などとしつこく言ったためか、二、三回めの受診時に「俺の顔に泥を塗ることしか言わない。二度と顔を見たくない」と怒鳴られました。それが私のドクターショッピングの始まりでした。

ドクターショッピングとは、次から次へと医者を変えていくことです。薬を出さないドクターや合わない薬を出すドクター等、様々でした。同時に食欲が無く食べられないのは胃が悪いためと思い込み、内科、消化器内科のドクターショッピングも始まりました。半年に一回ずつ、合計三、四回違う病院で胃カメラを飲みました。いずれも胃にポリープ・潰瘍は無く、自律神経失調症と言われました。

食べられない、眠れない、薬を飲んでも寝つけない、苦しくなるという日々が二年間続きました。寝るのも、食べるのも怖いという状態で、毎食砂を噛むような気持ちで無理に食べていました。ドクターにエンシュア・リキッドという、まずい液体栄養剤を処方されたりもしました。

余りに苦しい日々が続き、息をするのも困難に感じて三浦海岸の丘の上にある病院に入院することを決意しました。八月四日～九月四日まで、一ヶ月間入院しました。私の担当のドクターは毎朝回診に来てくれ、「入院して損した。こんなに縛られた日々を暮らすのは嫌だ。すぐ退院したい」という私の愚痴を熱心に聞いてくれました。そのドクターは「薬の効きめを確かめるのに二週間はかかるから、一ヶ月は入院しなさい」と私を説得しました。

そしてついに私に合う薬を処方してくださり、苦しいという症状は自然に消えていきました。ドクターと薬によって寛解期にたどりつくことができました。

この経過の中で家庭生活にヘルパーを利用することになりました。そして介護保険で要支援1を取得しました。要支援1になった時に抵抗はありましたが、ヘルパーに来てもらって助かりました。人という字は人と人が助け合う形から出来ているといいますが、自分が支えてもらうことも大切、と悟りました。

薬の副作用のためか、足にふらつきとしびれが残っています。内科のドクターから「入眠剤を試しに止めてみなさい。ふらつきがなくなるかもしれない」と言われましたが、半錠にして飲むと眠れないので止められないのが現状です。

うつが治ってくると、あんなに死にたいと思った気持ちに変化が現れ始めました。息子に「死にたいから私を殺して」と言ったことがあり、息子は「言われた方の身になってみてよ」と答えました。「死んだら葬式はしなくていいから遺体の処理だけして」と何回も息子に言いました。息子は「同じことを何回言えば気がすむんだ。言うのは一回だけにして」と嫌がりました。

友だちが帰る時も「帰らないで。明日死んでるかもしれない」と言いました。友だちは「うつでは死なない」とか「人間はそう簡単に死ねない」とか「もっと大変な人もいるでしょ。世の中には」と言いました。でも私の頭の中では「自分は辛い。苦しい。誰も分かってくれない」ということだけがぐるぐる回って、体も心も固まっていました。

ところが、回復してくると、当たり前のこと、つまり、お腹がすいて食べられる、寝られる、しゃべれる、歩けることが、有難いことと思えるようになりました。

晩秋の澄んだ青空や夕焼けが美しいと感動できるようになりました。苦しい二年以上の日々を過ごして、普通のことがありがたいと同時に人の心の痛み、苦しさも分かるようになりました。

近くのスーパーで、杖を持ってリュックを背負いかねている女性を見て、自然と手が出てリュックをその女性の背中にかけてあげる自分に驚きました。

私の好きな「倚りかからず」と併せて、「わたしが一番きれいだったとき」「自分の感受性くらい」を紹介します。「自分の感受性くらい」は作者が自分に言いきかせている詩と思われます。

わたしが一番きれいだったとき

わたしが一番きれいだったとき
街々はがらがら崩れていって
とんでもないところから
青空なんかが見えたりした

わたしが一番きれいだったとき
まわりの人達が沢山死んだ

工場で　海で　名もない島で
わたしはおしゃれのきっかけを落してしまった

わたしが一番きれいだったとき
だれもやさしい贈物を捧げてはくれなかった
男たちは挙手の礼しか知らなくて
きれいな眼差だけを残し皆発っていった

わたしが一番きれいだったとき
わたしの頭はからっぽで
わたしの心はかたくなで

手足ばかりが栗色に光った

わたしが一番きれいだったとき
わたしの国は戦争で負けた
そんな馬鹿なことってあるものか
ブラウスの腕をまくり卑屈な町をのし歩いた

わたしが一番きれいだったとき
ラジオからはジャズが溢れた
禁煙を破ったときのようにくらくらしながら
わたしは異国の甘い音楽をむさぼった

わたしが一番きれいだったとき
わたしはとてもふしあわせ
わたしはとてもとんちんかん
わたしはめっぽうさびしかった

だから決めた　できれば長生きすることに
年とってから凄く美しい絵を描いた
フランスのルオー爺さんのように
　　　　　　　　　　ね

自分の感受性くらい

ぱさぱさに乾いてゆく心を
ひとのせいにはするな
みずから水やりを怠っておいて

気難かしくなってきたのを
友人のせいにはするな
しなやかさを失ったのはどちらなのか

苛立つのを
近親のせいにはするな
なにもかも下手だったのはわたくし

初心消えかかるのを
暮しのせいにはするな
そもそもが　ひよわな志にすぎなかった

駄目なことの一切を

時代のせいにはするな
わずかに光る尊厳の放棄

自分の感受性くらい
自分で守れ
ばかものよ

つれづれに

―私の俳句―

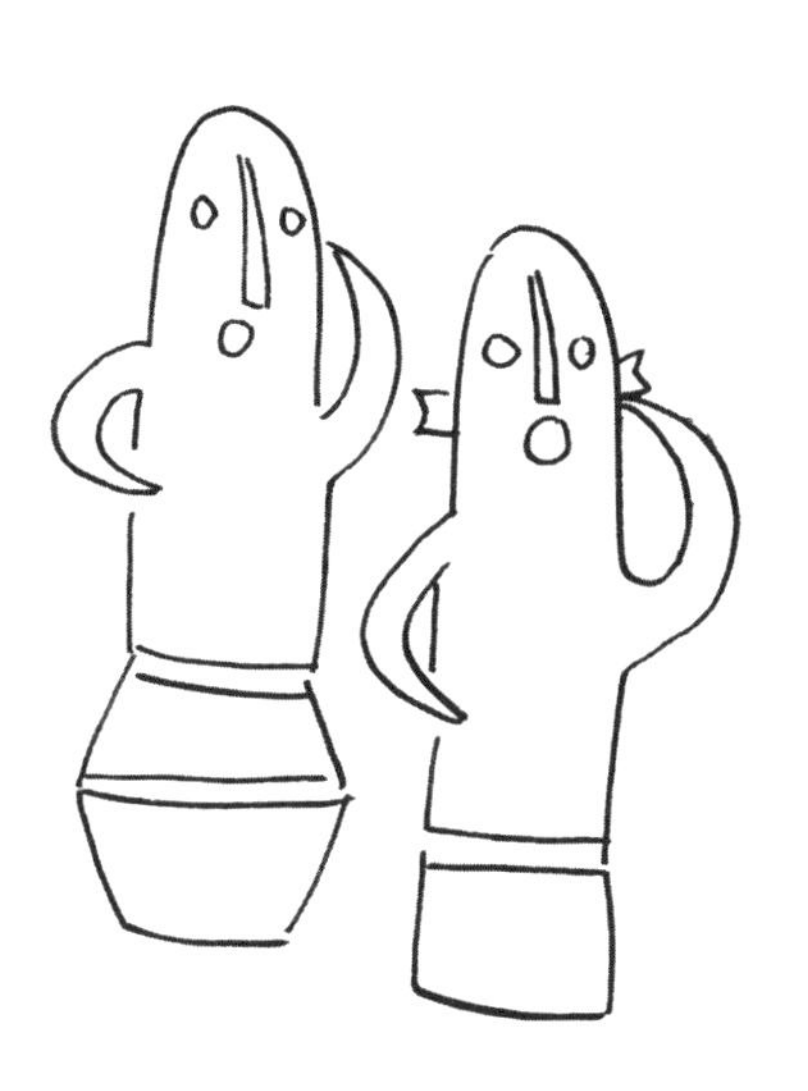

息子小学生時の夏休みの宿題糸瓜（へちま）栽培に

子の糸瓜頭ばかりが大きかり

図書室の満室となり残暑かな

菊一輪仏壇に活け出勤す

柿五つ無人の家に今年また

長崎市長撃たる

みぞれ降る市長撃たると報じたり

自転車ごと初日の中に入りにけり

ゆうゆうと鯉の泳げる夕薄暑

長茄子(なすび)その茄子紺を驕りけり

早梅の一枝手折りて供花とせり

大和市より藤沢市の中学校へ転勤

転勤の職場の上を鳥帰る

親芋を囲みて子芋太りけり

今は亡き叔父・叔母を偲んで

生身魂(いきみたま)今年も顔を拝みけり

鎌倉の黄葉（もみじ）の中に初写経

イラク戦争時（フセイン政権）

開戦の日に求めたる福寿草

野口英世の生家にて

猪苗代雪の藁束汚れなき

四月十七日

うす墨に桜塗りたし父の忌は

秋刀魚焼く絵描きの妻で二十年

恋猫の自由なる身を羨める

新築の仏壇に活く白椿

夕顔や湯浴みの音のするばかり

ピースボート地球一周に参加

ちぎるる程ハンカチ振りて別れゆき

松村緑先生逝く

白椿孤高に生きし師の逝かれ

行く春の話の尽きぬ妻となり

時雨忌（しぐれき）や「月日は旅」とつぶやきぬ

柿一つ残して辺り時雨けり

菠薐草勝気な妻でありにけり

うしみつ時雪の降りたる音を聴く

蝌蚪と子と遊ぶ一日の有難き

犬ふぐり家族の如くかたまれり

円(まる)山(やま)の桜しだれて地に着きぬ

草を食む飛火野の鹿春愁

穴まどひ罪のなき身を恐れらる

（袴田巌氏のことのよう）

紫陽花の花を増やして今日も雨

天高し水平線は弧を描き

夫よりのセーター試着誕生日

雲の峰逝きたる人を乗せている

桐一葉不惑といへど悔いばかり

枯れ木立みごとな枯れと声に出づ

中村哲氏を偲んで

アフガンに尽くしし医師の逝きし秋

仙石原すすきの音の中に居る

杖つける恩師の講義冬うらら

障子張り終へて夕日を深く入れ

麦青む母の背丈を子の越えて

春雷やこの世の汚れ怒り居り

西安の友は黄砂と訪ね来る

秋蝶のその行き先を見て居りぬ

探梅行南アルプス晴れ渡り

朝寒の金魚は底に寄り合へり

桜若葉すでに憂ひの色持てり

靴磨く黴(かび)にも命あるものを

青桐や幼く逝きし子の忌日

武蔵にも恋はありけり読み始め

初明りして現るる御蔵島

八丈へ向かふ船にも松飾り

おでん酒過ぎたることは忘れむと
忘れゐし君子蘭より花芽かな

たんぽぽや悔い無く生きること難し

引地川家鴨（あひる）一家の夕涼み

菖蒲湯の子は反抗期壁に穴

葉桜の揺れに無数の空も揺れ

訃報また届きてよりの夜寒かな

啄木鳥(きつつき)や教壇に立ち四半世紀

戦没の人魂なれる雲の峰

湯の宿に掛け忘れ来し夏帽子

夜長し『沈黙の春』読み終へて

ヘルパーの仕事終へたり鰯雲

石蕗(つわ)の花公園掃除終はりけり

小春日や小学生の下校の輪

箱根登山鉄道にて

紅葉見る登山電車の右左

童歌(わらべうた)歌ひてつかる柚子湯かな

開戦日白き花束買ひ求め

冬立ちぬ夫にポリープありといふ

初富士に夫の全快祈りけり

梅日和(うめびより)和子はアメリカに旅立てり

ボラはねて寒のあけゆく引地川

早春の奈良路を病める夫と行く

父好みし雪柳手折り仏壇に

鈴木真砂女を詠む

波乱多き真砂女逝きたり紫木蓮

春嵐決めし進路に子は迷ひ

鉢の茄子(なす)親指ほどの実をつけて

男梅雨子は骨折の手術終へ

クレオパトラてふ名にひかれメロン買ふ

我がトマト青き実のまま枯れにけり

ヘルパーをしている時

雲の峰に向ひて車椅子を押す

晩秋の一人欠けたる傘寿の会

わが家にも火星近づく秋暑し

病む夫と岸に見てゐる赤とんぼ

旧ソ連の侵略に対してアメリカが参戦

戦（いくさ）またアフガン派兵空虚なり

コスモスや風の吹くまま気の向くまま

丹念に極月の顔洗ひけり

庭の柚子一つを入れて柚子湯かな

歳晩の流しの隅を磨きけり

梅一輪ほころびて今日歯も完治

大寒の布団干したりお隣も

還暦や河津桜の濃きピンク

金蛇(かなへび)と戯れる子ら稲荷の森

子を思ふ心子知らず走り梅雨

亡夫(つま)植えし柘植(つげ)の朽ち木に新芽かな

伊豆の海眺めて梅雨の露天風呂

形見なるブーゲンビリア花終へる

自転車をピンキーと呼び秋風切る

猛暑日や目高(めだか)の無事を確かむる

蚊を打ちて蚊をも殺さぬ賢治思ふ

しろがねの風に薄のゆらり揺れ

湘南のひつじ田を行く一日(ひとひ)かな

車座に大工メールす秋高し

菊摘んで亡夫デザインの墓に置く

婆ひとり三十分の大掃除

龍王峡歩き疲れて夕紅葉

冬空の澄みたる心持て生きむ

朝ごとに花の膨らみ確かむる

金柑の両手に余る収穫かな

村越化石を詠む

癩病を超えし化石や秋高し

梅雨夕焼寡婦一年めとなりにけり

紫陽花や眼下に見ゆる黒船港

晴天の今朝二十尾の目高生（あ）る

小浜市はオバマ応援蝉しぐれ

白粥をひとりすすれり夜の秋

鳥渡る人の作りし国境越え

秋霖や我がピンキー号廃車とし

秋あかね群れいる中を一人行く

赤白黄小菊束ねて亡夫の墓へ

木枯らしや派遣の友の送別会

ウニをワニと読み間違へてダリア咲く

春隣新聞に載る我が投書

我が小さき終(つい)の住処(すみか)や根深汁

江の島に若者多き初春かな

友と吾(あ)と両手に余る土筆(つくし)摘む

カラー白し見ぬふりできぬ性（さが）にして

てっせんや紫好きの友逝けり

行く春や亡友と歩きし道を行く

白きばら友逝きし地にそっと置く

亡き友の筍ご飯味淡く

蓮咲けり送りし人の数増えて

半年にしたこと少な茅の輪くぐる

春愁原発のある火山国

青嵐レモンの花を落しけり

柏餅味噌あん好きは父譲り

三浦海岸の病院にて

猫じゃらし食(は)む馬の歯の大きこと

ワールドビジョンのスポンサードチャイルドの報告を見て

チャイルドの成績は秀ダリア咲く

ねむの花三人寄れば老後のこと

蝉時雨日々を充実して生きむ

アンデスの塩を試して冷奴

大花火音と匂ひに誘はれて

戦死せし軍医の叔父や浜木綿咲く
できること探して生きる秋暑し

身の丈に生きる幸せ鰯焼く

亡き友を偲びて作る茸（きのこ）ご飯

手に余る小菊貰ひし伊豆の旅

大輪より小菊を好む性(さが)であり

遊行寺の七百年の銀杏黄葉(もみじ)

ボランティアをして
みかん狩り見えぬ友なる手を取りて

忘年会忘れてならぬこともあり

到来の千両を活(い)く仏壇にも

布団干し洗濯もして小春かな

風邪に寝て四角い空を眺め居(お)り

大磯海岸にて

左義長の火の粉は金粉撒く如し

自分へのご褒美買ひし立春かな

ピースボートに参加（オセアニア）

船旅に夢を馳せたり春隣

万緑（ばんりょく）や好きなことのみできる日々

遠き日の味せり桑の実を食（は）めば

原爆忌被爆の木より石瓦

啓蟄の目高や餌を食ひ初むる

旅友の便り届きて椿咲く

春なれる硫黄島にも五万の死

江の島サムエル・コッキング苑にて

旧友（とも）と見る六十年目の竜舌蘭

長崎忌精進の日と決めて居り
冷やかに鏡に映る老いを見る

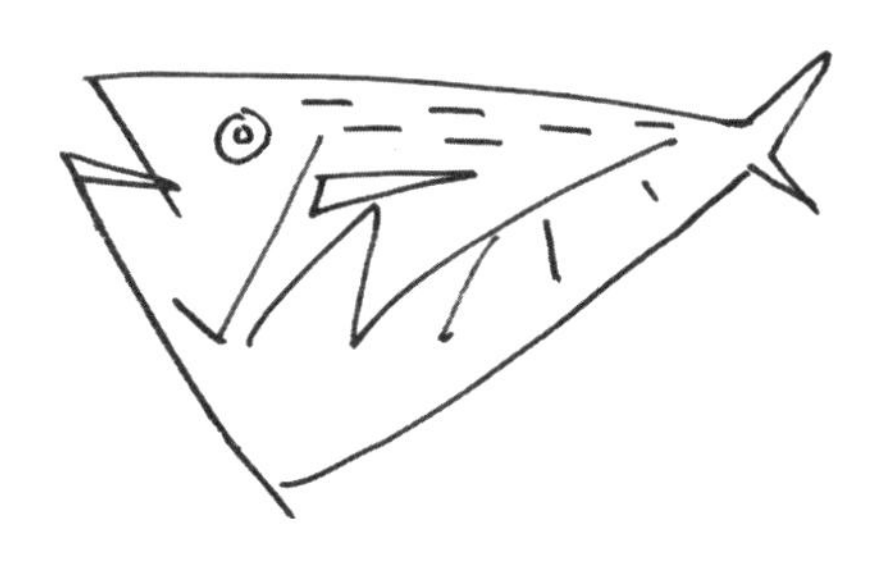

慶応大学キャンパスにて（盲人の誘導ボランティア）

見えぬ友とはぜの落ち葉を踏みて行く

蕗のとう愛でしを刻み味噌汁に

かすみ草弱みも言ひし友であり

亡夫植えし乙女椿の盛りなり

糸瓜忌や谷峨駅前の糸瓜棚

息子、スケボーで骨折

春を待つ杖がベッドに置かれある

寒椿サーフィン好きの子の巣立ち

七夕に傘寿の願ひ太く書く

あとがき

東日本大震災で炉心溶融という究極的な原子力災害を福島第一原子力発電所は起こしました。その原発のデブリ冷却「汚染水」の海洋放出を、令和五年八月二十四日から政府は始めました。汚染物質を取り除く技術開発もせず、核種の充分な検査もしませんでした。現地の漁業者、住民、世界中の人々が心配し、反対しました。敷地を拡張し、保管する努力もせず、国際基準以下に薄めたとしてトリチウムその他を含む汚染水を海洋放出しました。政府や東京電力は安全としていますが、大丈夫でしょうか。私は傘寿を超えますから良いとしても、子や孫の世代の人々の健康が心配です。どんなに薄めても世界の海を汚すことに変わりはありません。三十年も続くといわれる放出を止められませんか?

表題『一歩一歩』は、少しずつでも進んでいきたいという願いを込めました。子も巣立ち、そして私も地球から巣立ちます。その日まで頑張っていこうという思いです。

表紙絵・挿絵

川島 隆夫（かわしま たかお）

一九二九年、東京生まれ。一九五〇年、京都市立美術専門学校（現・京都市立芸術大学）卒業。海老原喜之助氏に師事。二紀会会員として七年間活動、その後、無所属。サエグサ画廊、みゆき画廊、フジ・アートギャラリー、紀伊國屋画廊、日本橋高島屋、円鳥洞画廊などで個展を開催。神奈川県藤沢市で川島隆夫絵画教室を運営。二〇〇六年、病没。

著者プロフィール

川島 幸子（かわしま さちこ）

1944年　長崎に生まれる
1966年　東京女子大学日本文学科卒業
1966年　白梅学園高等学校教諭
1970年～ 1972年　日米会話学院卒業
1972年～ 1999年　神奈川県大和市立中学校教諭（渋谷・引地台・光）
同藤沢市立中学校教諭（大清水）
同藤沢市立白浜養護学校教諭
その後、ボランティア（ワールド・ビジョン・ジャパン、ヘルパーなど）

一歩一歩 巣立ちへの日々

2024年４月15日　初版第１刷発行

著　者　川島 幸子
発行者　瓜谷 綱延
発行所　株式会社文芸社
〒160-0022 東京都新宿区新宿1－10－1
電話 03-5369-3060（代表）
03-5369-2299（販売）

印刷所　株式会社フクイン

ISBN978-4-286-25238-4